日本の詩

おや・こ

遠藤豊吉 編・著

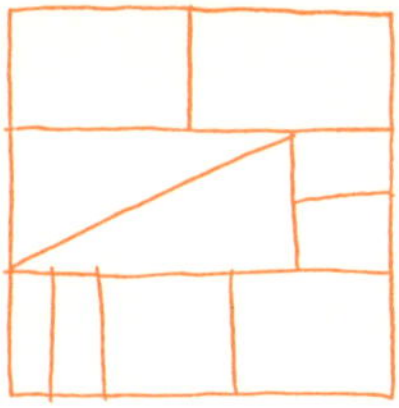

小峰書店

親と子の関係が、いまはひどく薄《うす》くなっているという。親が子に、子が親にかける「期待《きたい》」と「願望《がんぼう》」がこれほどあつい時代はかつてなかった、といわれているのに、両者の生命をつなぎあわせる精神的きずなが、いまこんなにもろく感じられてならぬのは、いったいなぜなのだろう、と多くの人はいぶかる。

親と子の間に、なにが失なわれたのか。この巻にわたしは、わたしの愛してやまぬ十八の詩をおさめたのだが、きっとこれらの詩を光源《こうげん》として、親と子の関係の原形をさがしあてることになるだろう。

遠藤豊吉

日本の詩＝6

おや・こ

装幀・画＝早川良雄

ほつほつと

おふくろを背負《せお》って
この雪空の下を
ほつほつと歩いて行きたいな。

ほつほつと
どこまでも歩いて行ったなら
雪のふらない村があるだろう。

さらに　ほつほつと
どこまでも歩いて行ったなら

日のあたる町に出るだろう。
町には公園がある。
公園にはサザンカが咲いている。
おふくろは冬に咲く花を
ふしぎそうに　じっとみつめる。

ゆるされるなら
その一輪《いちりん》を
おふくろの鬢《びん》にさしてやりたいな。

高橋　忠治（たかはし　ちゅうじ）一九二七〜
「おふくろとじねんじょ」より。他に詩集「かんじきの歌」

＊

〔編者の言葉〕　わたしの生母《せいぼ》は、いわゆる名人気質《かたぎ》の桶屋職人《おけやしょくにん》を父に、宵越《よいご》しの金を持つことのきらいな俠気《きょうき》に富んだ女を母に生まれ育った。こんな両親を持つ生母が、うじうじした女に育つはずがない。わたしの印象に残る生母は、いつもシャキッとした貫禄《かんろく》のある女だった。ときには父をあいてに、皿やどんぶりを投げあう派手《はで》なけんかもした。けんかは、ふつう二〇分もするとおさまるのだが、おさまりがつかないと生母はわたしたちをつれて実家《じっか》へ帰った。

ある冬のこと、例のけんかのすえ、生母は家を飛び出した。雪が降っていた。実家へもどっても、生母はけっしてぐちなどこぼさず、祖父《そふ》の酒の肴《さかな》をつくったり、汚れた仕事着を井戸端《いどばた》でジャブジャブ洗ったりして、気がはれると、また末の弟をおんぶし、ねんねこの袖《そで》に残りの三人をすっぽりいれて家へもどるのだった。わたしは、ねんねこの中にこもっている母のにおいと、げたの下にキチキチと鳴る雪道の音をいまもはっきりおぼえている。

家へ帰ると父はあたりまえのことのように「お帰り」とも言わず、わたしたちをむかえるのだった。

二つの世代

がらんとしたビヤホールの一隅《ひとすみ》で
五十に近い父と二十五になる娘がビールをのんでいる。
年よりは若くみられる父と
こどもっぽくみえる娘と
コップをカチンとあわせてのんでいる。

父は父の仕事で
娘は娘の仕事で
ふだんはほとんど話しあうこともない。
わかっているのは二人とも.

戦争のない自由な世界をもとめていることだ。

犬や猫をむしょうに可愛《かあい》がり、
このあいだまで人形を抱いて寝ていた娘。
娘の贈りもののライターで煙草《たばこ》をつけ、
父は思う。
――娘は恋愛をどう考えているのだろう?
明るいこどもっぽい眼のなかに
父の知らぬ娘の世界の秘密があるのだろうか。

娘の生まれぬ前から
日本の暗い重石の下で生きてきた父。
どんなひどい生活《くらし》にも泣顔をみせたことのない娘。
ふたたび肌身に迫る雷気《らいき》をかんじながら

二つの世代がしずかにビールをのんでいる。

岡　本　潤（おかもと　じゅん）一九〇一～一九七八
「岡本潤詩集」より。詩集「夜から朝へ」「笑う死者」他

＊

〔編者の言葉〕　酒好きの男は、よく、わが子が成人していっしょに酒をくみかわす日が来ることを心待ちにするという。だが、わたしにはそれができない。

　わたしは、戦後五年目の冬、おびただしい血をはき、まる三日間、意識《いしき》不明《ふめい》になったことがあった。それ以前は、よく酒を飲んだ。安手につくられた焼《しょう》酎《ちゅう》、ときには薬用《やくよう》アルコールまでやけになって飲んだ。戦中の過労《かろう》、それに戦後の深酒《ふかざけ》が重なり、また自律神経失調症《じりつしんけいしっちょうしょう》から酒に無縁《むえん》の体になったのだ。

　戦後生まれの二人の子どもは、ともに二十歳《さい》を超え、ときおり外出先から酒のにおいをさせて帰ってくる。父親のわたしは素面《しらふ》でそれをむかえる。そんな風景を対象化《たいしょうか》するとき、わたしはしみじみと、わたしにおける〈戦後〉を感じるのである。

小景

冬が来た
夜は冷える
けれども星は毎晩キラ〱輝く
赤ん坊にしっこをさせるお母さんが
戸を明ければ
爽《さわ》やかに冷たい空気が
サッと家の内に流れこみ
海の上で眼がさめたや《(よ)》う
大洋のやうな夜の上には
星がキラ〱

赤ん坊はぬくとい
股引《ももひき》のまゝで
円《まる》い足を空に向けて
お母さんの腕の上に
すっぽりはまって
しっこする。

千家元麿（せんげ　もとまろ）一八八八～一九四八
「自分は見た」より。詩集「夜の河」「真夏の星」「夏草」

＊

〈編者の言葉〉　東北地方の南にある土地ではあったが、わたしが子どものころ、福島県《ふくしま》二本松《にほんまつ》にはずいぶん雪が降った。いまのような暖房設備《だんぼうせつび》もないから、深い雪につつまれると、家全体がひどく冷えた。

冷えがしみとおって、夜半に目をさますと、母親はまだ起きていて、いっしんに針仕事《はりしごと》などをしているのだった。もうかなり長い時間眠ったと思うのに、母親はまだ起きている。その姿《すがた》に、なにかふっと安心感をおぼえる。そんなとき、わたしが目をさましたことが気配《けはい》でわかるのだろう。母親はわたしのほうをふりかえり「ションベンか?」と声をかけてくれるのだった。「うん」と言って起き上がると、母親も針仕事をやめて立ちあがる。意識のまださめきっていないわたしの足は、まだふらついている。母親は「ほら、こっちだ」と土間におりて声をかけてくれる。戸を開けると、寒気《かんき》がいきなりおそいかかってくる。わたしはぶるぶるふるえる。

「ほら、早くたれろ、シーッ、シーッ。」

と、母親はうしろからわたしをかかえ、かけ声をかけてくれる。「ああ、重い。もう四つになったんだから、これからはひとりでしなくちゃ、な」そうだ、おれもおとなにならなくちゃ、と思い「うん」と答えるのだが、しかし、大腿《だいたい》をおさえている母の手のぬくもりといつか別れなければならない日がくることを、心の片すみでさびしく思うのだった。

母上に

静かな　秋の宵《よい》です
白茶けてふちもないタタミに
あなたは老眼鏡をかけ
白毛《しらが》まじりの頭をかしげ
針仕事をしておられる

ここに疎《そ》開《かい》してから三年
あなたはめっきり痩《や》せておしまいになった
もうじきに三度目の冬がやってきますね

何もかもきりつまった田舎《いなか》の
かんじょう高い村人の間で
想出《おもいで》のこもった数々の晴着を
麦や粉にかえ　あなたは
その童心を失われなかった

すべて微少なものの　いのちを愛し
みすぼらしい蚕室《さんしつ》を
あなたの思いつきが美しく飾り
河原の小花はたえず薫《かお》っていた
母上　微笑《ほほえ》んで下さい
素朴《そぼく》な言葉で
僕達に戦《たたかい》を憎《にく》む事を
教えてこられた母よ

あなたの背の丸味で
きりぼしの影がゆれています
ああ　病気などして　ほんとうにすみません

母上　顔をあげ　ニッコリ笑って下さい

山本　太郎（やまもと　たろう）一九二五～一九八八
「歩行者の祈りの歌」より。「山本太郎詩集」「鬼文」他

＊

〔編者の言葉〕　生母《せいぼ》は、一本の白髪《しらが》もない若さのまま死んだ。数え年三十四歳《さい》。短い一生を働きづくめに働き、駆《か》け足のような速さで消え去っていった人、という印象をわたしの記憶に刻《きざ》み残している。

小学校を出るとすぐに糸とり女工になり、腕《うで》がよかったのだろう、二十歳まえには教婦《きょうふ》とよばれる地

位に抜擢《ばってき》されていた。やがて同じ工場で働く男と結《けっ》婚《こん》、その時の彼女の給料《きゅうりょう》は月二十五円、あいてのそれは二十円だった。結婚すれば退職《たいしょく》するという規則だったとみえ、大正時代には高額《こうがく》の給料を棒《ぼう》にふる。

　やがて四人の子が次々に生まれる。苦しい家計を生母は着物の仕立てとか、軍手の指先をかがる仕事とかいう内職によってささえることになる。

　生母は、そんな仕事を自分だけでひそひそとやるのではなく、近所の、おなじように貧しく、病気持ちの亭主《ていしゅ》やグウタラ亭主を持って苦労しているおっかあたちにも分けてやっていた。

　生母が死んだとき「おムメちゃんは気の強い人だったけれども、しんはとてもやさしかった」と、通《つ》夜《や》の席で近所のおっかあたちは口々に語っていたが、わたしはそれを聞いて、いくらほめられても、死んじゃったらおしまいだ、と思い、九歳の心ではげしく泣いたのだった。

散歩の唄《うた》

あかりと爆に

右の手と左の手に
ぶらさがった子供たちが
上をむいて
オトーチャマという
俺《おれ》も上をむいて
誰かの名前を呼びたいが
誰もいない
俺の空はみごとにがらんどうで
鳥に化《ば》けた雲ばかりが
飛んでゆく

すばらしいじゃないか
このがらんどうのなかで
お前達のオカーチャマが
一本のローソクのように
燃えていたのだ
燃えてふるえて俺をまっていたのだ
お前達もいつかは
がらんどうの空をもつだろう
そのときは　ひとりびとりの
たしかな脚《あし》で立って歩いて
お前達の焔《ほのお》をお探し
ほら　ぶらさがってはだめだ
もういちど上をみてごらん
もうオトーチャマの顔はない

間違ってはいけない
ゆらゆらゆれているのは
消えてゆく雲だ

山本　太郎（やまもと　たろう）一九二五～一九八八
「糺問者の惑いの唄」より。詩集「覇王紀」「死法」他

＊

〔編者の言葉〕　二十何年か前の晩春《ばんしゅん》の日曜日、わたしは机にむかって急ぎの仕事をしていた。そばで五歳《さい》の長男と二歳の次男が体をぶつけ合って遊んでいたが、どちらかの体がドンとわたしの背《せ》にぶつかった。思わず「うるさい！」とどなると二人は一瞬《いっしゅん》キョトンとし、つぎに「おとうのバカヤロー！」とどなって部屋を飛び出していった。隣《とな》りの部屋から父の声がした。「豊《とよ》、男の子というのは、育ち上がるまでに家のふすまを二度は自分の体でぶち破るもんだ、と昔から言われているんだ」たったひとことだったが、そのひとことでいら立ったわたしの心の整理がつき、わたしは二人の子どものあとを追った。

みち

紘子に

あなたの髪を梳《す》きつゝ
思うこと

わたしが死んでしまっても
なお　のびつゞけるであろう
この愛《いと》しい髪

なお降りつづけるであろう
今日のような細い春雨

なお　つゞくであろう
運命のうねった小径《こみち》

この一瞬《いっしゅん》　わたしの櫛《くし》は
不気味な戦慄《せんりつ》とともに
みしらぬ未来の国をかすめる

あなたの髪を梳きつつ
思うこと

三井ふたばこ（みつい　ふたばこ）一九一九〜一九九〇
「後半球」より。詩集「空気の痣」著書「父西条八十」他

＊

〔編者の言葉〕　特別攻撃隊員《とくべつこうげきたいいん》として、突撃訓練《とつげきくんれん》に明け暮れていた初夏のある日、福島市《ふくしまし》の県立女学校か

ら川崎の軍需工場《ぐんじゅこうじょう》に動員を受けていたA子から一通の封書《ふうしょ》がとどいた。

「この間のお休みに、鎌倉《かまくら》の鶴《つる》ヶ岡八満宮《おかはちまんぐう》に行ってきました。武運《ぶうん》久しくあれ、と祈りながら、なかに剣《けん》をおさめてあるお守りをいただいて参りました。夜、そっと袋《ふくろ》を開いてみましたら、ふつうは一本しかはいっていない剣が二本はいっていました。そのままお送りします。どうぞいつまでもお元気で。」

わたしはそのお守りを飛行服の胸のポケットにおさめ、「A子、いつまでも元気で」と短い便りを書いた。しかし、暗い未来を思って胸がつまった。

敗戦《はいせん》で死から解放《かいほう》され、故郷《こきょう》に戻ったわたしはA子の死を聞かされる。自殺《じさつ》。つい半年前「わたしも元気でがんばります」と書いたA子だった。そのA子に死を選ばせるどんなできごとがあったか、なにひとつわからなかった。「かわいい死に顔でした」と涙をぬぐうA子の父親を見ながら、長い髪をいつも三つ編みにしていたA子の遠い背を思い、青春とは残酷《ざんこく》なものだ、とわたしは考えていた。

提灯《ちょうちん》さげてゆく花嫁

着《き》飾《かざ》らしてやりたかった
せめて木《も》綿《めん》など着飾らしてやりたかった
ほんにせめて木綿など着飾らしてやりたかった
あいつは暗がりに起きてめしをたいた
あいつはめし前に一駄《だ》の草を刈った
あいつはしゃんしゃんと畠に肥《こ》料《え》をかついだ
あいつはしゃれも唄《うた》もこかずに田の草をとった
あいつは祭にも行かねば櫛《くし》買ってけろともいわなかった
肴《さかな》もふんだんに買いたかったさ
酒もあびるように飲みたかったさ

客もどんどん呼びたかったさ
おれの娘の嫁いりだみんなみろみろとはやして歩きたか
　ったさ
らんぷの下で
莚《むしろ》じきの板間で
吹きさらしの小舎《こや》のような家で
おふるの着物の厚い衿《えり》で
ひびだらけの赤い手で
白粉気《おしろいけ》などひとつない顔で
あいつは行ってくるともさよならともいわなかった
だまってぼろぼろ泣いて何遍《なんべん》もお辞儀《じぎ》するだけでいわな
　かった
花嫁をみろ
白粉気ない花嫁をみろ

笑わないひびだらけのおれの娘の花嫁をみろ
暗い夜だが山がみえる
あいつのさげてゆく提灯がみえる
あいつの行くとおり赤く提灯がいつまでもみえる

及川均（おいかわ　ひとし）一九一三〜一九九六
「横田家の鬼」より。詩集「夢幻詩集」「焼酎詩集」他

＊

〔編者の言葉〕　継母《けいぼ》が死んだのは、太平洋戦争が終わって五年目の夏だった。通夜《つや》がひととおりすんで、客が引き上げていくと、すぐ下の弟が、こらえていた悲しみを噴出《ふんしゅつ》させたように激しく泣きはじめた。

この弟は、継母がわたしたちの家にやってきたとき「おめえなんか、おれの母ちゃんじゃねえ！」と言って継母《けいぼ》の行李《こうり》を玄関《げんかん》の外にたたきつけた。その時九歳《さい》。二十二歳で継母の死にあったその弟が、夜明けまで泣き続けるのを見ながら、彼と継母の間に積み上げられた十三年の歳月を痛いほど感じていた。

母をおもふ

けしきが
あかるくなってきた
母をつれて
てくてくあるきたくなった
母はきっと
重吉よ重吉よといくどでもはなしかけるだら《（ろ）》う

八木重吉（やぎ　じゅうきち）一八九八〜一九二八
「貧しき信徒」より。詩集「秋の瞳」「八木重吉詩集」他

＊

〔編者の言葉〕　いまの若い人の間には、格式《かくしき》を重ん

じた華麗《かれい》な結婚式《けっこんしき》、披露宴《ひろうえん》がはやっているという。何百万円とかけたうたげ。それが終わると、新幹線のホームか国際空港へ直行し、友人同輩《どうはい》の「ばんざい、ばんざい」の声におくられて〝新生活〟のスタートをきる。わたしはあのスタイルに、どうしてもなじめないものを感じる。あれがほんとうに新しい生活の出発としてふさわしい形だろうか。

柳行李《やなぎごおり》一つ背負って、わたしたち四人兄弟の母親となった継母《けいぼ》は、結婚式をぬきにしてその夜から台所に立った。無学だったが、子どもと一緒に遊ぶことにかけては天下一品の母親だった。

この継母にとって結婚とはいったい何だったのだろう。彼女は口に出して言うことはなかったが、きっと中年すぎて先妻《せんさい》を失った夫やなさぬ仲の子どもと貧困《ひんこん》を共有しながら、きょうのつぎにくるであろうあすのために命燃やす行為《こうい》であったにちがいない。結婚後も小さな糸とり工場で働きつづけた継母に、はなやかな家庭生活は一日とてなかったが、彼女が一日として妻《つま》、そして母親でない日はなかった。

父

何故《なぜ》　生まれねばならなかったか。

子供が　それを父に問うことをせず
ひとり耐《た》えつづけている間
父は　きびしく無視されるだろう。
そうして　父は
耐えねばならないだろう。

子供が　彼の生を引受けようと
決意するときも　なお

父は　やさしく避けられているだろう。
父は　そうして
やさしさにも耐えねばならないだろう。

吉野　弘（よしの　ひろし）一九二六〜二〇一四
「消息」より。詩集「幻・方法」「感傷旅行」「北入曽」他

＊

〔編者の言葉〕一九四四年の初め、学業を中途《ちゅうと》にして兵隊に行き、翌《よく》四五年秋まで、勉強というものから遠ざかっていた。わたしはこの空白をなんとかして埋《う》めようと、小学校の宿直室《しゅくちょくしつ》にこもって、手あたりしだいに本を読んだ。二十一歳《さい》から二十二、二十三…。
　結婚《けっこん》し、子どもが生まれても、この習慣《しゅうかん》は続いた。二人の子どもは、こんな父にはげしい不満をいだくようになっていたのだろう。ある日、ナイフで書架《しょか》の本をずたずたに切りさいた。いまもわたしの書架には、その本がある。それは、そんな形でしか作られなかった父と子の関係の足跡《そくせき》である。

坂道で

田舎《いなか》では河鹿《かじか》が鳴いてゐ《(い)》るといふ《(う)》
五月なかばのかんばしい夜
護《ご》国寺《こくじ》裏《うら》の坂道で
ゆっくりと子供の手をひいて行く婦人に逢《あ》った。
みなりは質素《しっそ》だが
どこか葦《あし》の葉のやう《(よ)》に気品の高い婦人であった。
――花電車にはお家はないの
――いいえ、あるのよ
――ぢ《(じ)》ゃ、どこでねるの
――車庫でねるのよ

子供の問ひ《い》にていねいに答へ《え》ながら
どこのどんな家へかへ《え》って行くのかは知らないけれど
つつましく愛児の手をひいて行く
若い二十五六の婦人に逢った。

木山　捷平（きやま　しょうへい）一九〇四〜一九六八
「木山捷平詩集」より。著書「木山捷平全集」他

＊

〔編者の言葉〕　わたしが子どものころ〝ねんがらぶち〟という遊びがあった。それは〝ねんがら棒《ぼう》〟と名づけた、直径七〜八センチ、長さ七〜八十センチの棒くいを土にさしてぶつけ合わせ、倒し合って遊ぶ男らしい遊びだった。

〝ねんがらぶち〟は、秋、稲《いね》の刈入れが終わったあとの、まだ湿り気ののこっている田んぼでおこなわれるのがふつうで、わたしたちはこの遊びがしたさに、秋風がふきはじめると、町のはずれの田んぼが

早くからにならないかと、その日がくるのを心待ちにしたものだった。

安達太良山《あだたらやま》が鈍《にぶ》い茜色《あかねいろ》にそまるころ、お百姓たちの稲刈《いねか》りが終わる。すると、わたしたちは、わあっといっせいに田んぼへ飛び出す。〃ねんがらぶち〃には、ほんことうそっこがあって、ほんこの場合は倒した〃ねんがら棒〃を自分のものにすることができた。だから、たくみな子、強い子はたった一本のもとでで、かかえきれないほどの〃ねんがら棒〃をうばいとり、意気揚々《いきようよう》とひきあげていくのだった。

「豊《とよ》ちゃん、まけるんじゃねえぞ。がんばって、いっぱい分捕《ぶんど》ってこいよ。」

〃ねんがらぶち〃に出かけていくわたしの姿《すがた》を見るたびに、継母《けいぼ》は声をかけた。そして、わたしがまけて帰ってくると、わがことのようにくやしがるのだった。

ぼくはこわい

肩をたたいてね　母さんが言った時
ぼくはいきなり　飛びあがって
ぶちのめしたのだ　小さく金魚のように皺《しわ》よった母さん
　を
ぼくは妹おもいで　いつも「はい」といって
食事のときは大きな　ナプキンを首に巻く
おとなしい子だったのに
いきなり飛びあがり　思うさま引っぱたき　ぶちのめし
　たのだ
ぼくの母さんを　脅《おび》えている小さな顔を

それから再び　ぼくはおとなしい子だった
学校でカンニングしたこともなく　喧嘩《けんか》もせず
「少し元気に欠けるようですが　野球でもおさせになったら」
職員室の前の校庭で　先生が母さんに話していた
ぼくは二人をちらちら見ながら　砂場でトンネルをつくり　又こわした
ぼくのこの手が　母さんを殴《なぐ》ったのだ　殴ったのだ　でも先生は知らないんだ

ぼくは大きくなり　勤人《つとめにん》になった
弁当箱をさげて満員電車に乗り
沢山の上役も持てば少しの部下もできた

いってらっしゃい　門まで出て手を振《ふ》る妻もでき
時おりは酒場の止り木にこしかけ
「生きることはかなしいねえ　マダム」首を振って泣いた

ぼくは幸福なのだろうか　多分
ぼくは不幸なのだろうか　多分
どちらにせよ　ぼくが朝いそがしくネクタイをしめる時
ぼくはふっと気が付く
この手は母さんをぶちのめした手だ　あのときそのままの手だ
ぼくは落ちつかなくなり　こうしてはいられない！　と心に叫ぶ
こうしてはいられない　でもどうすればよいのか

どうすればよいか分らないままに
ぼくの手はだんだん悪くなる
母さん　あなたを殴《なぐ》った息子の手は　腐《くさ》りはじめている
香水をそっとふりまいても　その異臭《いしゅう》に妻がいぶかしみ
　出した程だ
ぼくはあれから　ずっとおとなしかったのに
上役に反抗したこともなく　だれとも喧嘩《けんか》せず
何がいけなかったのか　どこが間違っていたのか

ぼくはこわい　電車が事務机が同僚が窓からの太陽が
ぼくはこわい　タオルをもちそろばん玉をはじきペンを
　握り　妻の髪を撫《な》でる　ぼくの手が
ぼくはこわい　母さんに似はじめた妻が縁側から暗い部

屋にいるぼくを振りかえり
肩をたたいてね　頼むときのくるのが

石川　逸子（いしかわ　いつこ）一九三三〜
「狼・私たち」より。詩集「日に三度の誓い」「海もえる」

＊

〔編者の言葉〕　わたしの継母《けいぼ》は、家が貧しかったために学校へやってもらえず、したがってかな文字もろくに読み書きできないままおとなになり、母親になった。わたしは無学者の継母をもったことに、友だちの手前、ひどく恥《はず》かしく思ったことがあった。

しかし継母は、子どもと遊ぶことにかけては天下一品の女だった。たとえば〃ねんがらぶち〃でまけてきたわたしのために、「いままでよりも、もっともっと強いねんがら棒を作ってやる」といって、夕飯がすむと庭に出て、いっしょうけんめいにナタをふるってくれるのだった。その本気さに、わたしはいつかほんとうの〈母親〉を感じはじめるのだった。

系図

ぼくがこの世にやって来た夜
おふくろはめちゃくちゃにうれしがり
おやじはうろたえて　質屋へ走り
それから酒屋をたたきおこした
その酒を呑《の》みおわるやいなや
おやじは　いっしょうけんめい
ねじりはちまき
死ぬほどはたらいて　その通りくたばった
くたばってからというもの
こんどは　おふくろが　いっしょうけんめい

後家《ごけ》のはぎしり
がんばって　ぼくを東京の大学に入れて
みんごと　卒業させた
ひのえうまのおふくろは　ことし六〇歳
おやじをまいらせた　昔の美少女は
すごくふとって元気がいいが　じつは
せんだって　ぼくにも娘ができた
女房はめちゃくちゃにうれしがり
ぼくはうろたえて　質屋へ走り
それから酒屋をたたきおこしたのだ

三　木　卓（みき　たく）一九三五〜
「東京午前三時」より。詩集「わがキディ・ランド」「子宮」

＊

〔編者の言葉〕「ちかごろ、立居《たちい》ふるまいが、いなかのおじいちゃんによく似てきましたよ」と、よく妻《つま》から言われるようになった。たとえば、朝、新聞を畳《たたみ》の上にひろげ、片ひざ立てて読んでいる後姿《うしろすがた》は、わたしが結婚《けっこん》した当時の父――それはちょうど今のわたしと同じ年令であった――にそっくりなのだと妻は言うのである。「背中のまるめぐあいなど、まるであのころのおじいちゃんそのもの」だそうだ。

父親とまったくちがう道を、自立して歩いてきたつもりでも、やはり、子は親との切れぬ関係のなかで生きているのだろうか。いま五十歳《さい》をすぎたわたしに、二十数年前の義父《ぎふ》の姿を見るという妻は、おそらく〈系図〉の持つ重さを感じているのだろう。

若いころ、世間に妥協《だきょう》し、俗塵《ぞくじん》にまみれて生きる父親の俗物性《ぞくぶつせい》に、反発《はんぱつ》をおぼえ、立居ふるまいの一つ一つに反感《はんかん》をおぼえたことが幾度もあった。だが、しょせんは、背中のまるみまでが似てくるという、血のつながりの有無をいわせぬ強さに、いまわたしは、たじろぐ思いを味わっているのである。

奈々子《ななこ》に

赤い林檎《りんご》の頬《ほほ》をして
眠っている　奈々子。

そっくり
お前のお母さんの頬の赤さは
奈々子の頬にいってしまって
ひところのお母さんの
つややかな頬は少し青ざめた
お父さんにも　ちょっと
酸《す》っぱい思いがふえた。

唐突《とうとつ》だが
奈々子
お父さんは　お前に
多くを期待しないだろう。
ひとが
ほかからの期待に応《こた》えようとして
どんなに
自分を駄目にしてしまうか
お父さんは　はっきり
知ってしまったから。

お父さんが
お前にあげたいものは

健康《けんこう》と
自分を愛する心だ。

ひとが
ひとでなくなるのは
自分を愛することをやめるときだ。

自分を愛することをやめるとき
ひとは
他人を愛することをやめ
世界を見失ってしまう。

自分があるとき
他人があり

世界がある。

お父さんにも
お母さんにも
酸っぱい苦労がふえた

苦労は
今は
お前にあげられない

お前にあげたいものは。
香りのよい健康と
かちとるにむづかしく
はぐくむにむづかしい

自分を愛する心だ。

吉野　弘（よしの　ひろし）一九二六〜二〇一四
「消息」より。詩集「10ワットの太陽」「感傷旅行」他

＊

〔編者の言葉〕「早くひとり立ちしようと思っているんです」T君はそう言って小学校を卒業していった。中学三年生のとき、人間の生と死の問題を深く考えた手紙をわたしにくれた。「死をおそれながら、そのおそれのなかから、自分の生きていることの意味をさぐろうと、自分なりにいっしょうけんめいになっているのです……」。

T君は高校にはいると、病弱《びょうじゃく》な両親を思って新聞販売店《はんばいてん》に住みこむという形で自立した。朝夕の新聞の配達と勉学。苦しい生活だったろう。しかし彼は弱音《よわね》ひとつはかず、同じ生活を続けながら大学に通っている。わたしはいま、かれのその姿《すがた》に同志としての人間を感じているのである。

小さな花

春はかわいい花の名を三つ教えてくれた
カタクリ　フデリンドオ　イチリンソオ
こんな近くに　こんなにたくさん
と娘が言った

犬の墓地のとなりの林のなかに
小さな花たちはまぶしくならんでいた
こんなにうれしそうに　こんなに仲よく
と娘が言った

十五歳　よくわらい　よく泣く
朝が急にやさしくなった
と娘が言った

和泉克雄（いずみ　かつお）一九一六〜二〇一〇
「短い旅」より。詩集「幻想曲」「前奏曲」「小組曲」他

＊

〈編者の言葉〉　入学したばかりの一年生を、近所の原っぱにつれだしたときのことである。原っぱの片側に小さな畑があり、その畑をかこむようにしてヒイラギの生垣《いけがき》があった。わたしは「いただきます」と言ってヒイラギの葉を一枚もぎとり、親指と中指でかるくおさえて息をふきかけた。ヒイラギの葉は、風車のようにクルクルとまわった。
　ヒイラギの葉には鋭いトゲがあり、へたにおさえると指をいためる。子どもたちの目には、そんなあ

ぶない葉っぱを平気で持って、すこしも痛《いた》がらぬ先生の指が、ふしぎな魔力《まりょく》でも持っているように見えたのだろう。「わあ、すごい」と驚きの声をあげた。「きみたちもやってみたいか」と聞くと「やりたい」「やりたい」と口ぐちにさけぶ。「それなら『いただきます』と言って一枚ずつとりなさい」と言うと、子どもたちは「いただきまーす」「いただきます」とかん高い声をあげて、一枚ずつむしりとり、わたしのまねをして、ヒイラギの風車をやりはじめた。だが、どの子も成功せず、みんな「痛い、痛い」と言って、葉っぱを地面に落としてしまった。

「できないだろう。先生は小さいころ、おもちゃなど買ってもらえなかったから、こんなことをして遊んだんだ。おもちゃは買ってもらえなかったけれども、自然のなかにいっぱい遊び道具があって、とても楽しかった。」

わたしは、子どもたちにたいしてでなく、子どもたちからタダの遊びをうばってしまった世の中にむかって、そんなことを言っていた。

おまへが　だんだん……

おまへ《え》が　だんだん　わたしに似てくるのを
身も世もあらず
わたしはみつめる

おもちゃを　投げないで
ゐ《い》なくなっても　なかないで

こんなにたくさんのひとがゐて
みんな　それぞれ　ちがってゐるのに
どうして血が　血だけが

呪《のろ》は《(わ)》しいほどに
同じ顔
同じ弱さを　うむのか

わたしのいいものをぜんぶ
おまへにあげたとしても
わたしの　わるいものをぜんぶ
やはりあげてしまった　罪は
あがなへ《(え)》ない
もう　とりかへ《(え)》せない

おまへもきっと　かたは《(わ)》もの
慢《まん》性《せい》の　こころ肥《ひ》大症《だいしょう》
ガラスをみると　ただわりたくなる

わたしのやうに《よ》
わるると　ただ泣きたくなる
わたしのやうに

吉原幸子（よしはら　さちこ）一九三二〜二〇〇二
「幼年連禱」より。詩集「夏の墓」「昼顔」「オンディーヌ」

＊

〔編者の言葉〕　教師《きょうし》という仕事はおそろしい仕事だな、と思うことがある。たとえば、子どものノートを見ていて、あ、これはおれが黒板に書く字とそっくりだ、と思う。親子げんかをしたとき、親をやっつける論法《ろんぽう》が先生そっくりですよ、と言われておそろしくなることもあるし、子どもの歩く後姿《うしろすがた》が自分の姿にそっくりなのを見てぞっとしたこともある。

血のつながった親子でもないのに、どうしてこんなにまで？　そう思いながら、小さい子どもに接するおもしろさに心ひかれて教師を続けている。

教師というものは、なんと因果《いんが》な職業なのだろう、と夜半ひとりで苦笑いすることがある。

乳母車《うばぐるま》

母よ――
淡《あわ》くかなしきもののふるなり
紫陽花《あじさい》いろのもののふるなり
はてしなき並樹のかげを
そうそうと風のふくなり

時はたそがれ
母よ　私の乳母車を押せ
泣きぬれる夕陽にむかって
轔々《りんりん》と私の乳母車を押せ

赤い総《ふさ》ある天鵞絨《びろおど》の帽子を
つめたき額《ひたい》にかむらせよ
旅いそぐ鳥の列にも
季節は空を渡るなり

淡くかなしきもののふる
紫陽花いろのもののふる道
母よ　私は知ってゐ《い》る
この道は遠く遠くはてしない道

三好　達治（みよし　たつじ）一九〇〇〜一九六四
「測量船」より。著書「三好達治全集」「三好達治全詩集」

＊

〔編者の言葉〕　継母《けいぼ》の実家がある塩沢《しおざわ》村は、二本松《にほんまつ》のお城あとの小高い山の裏側《うらがわ》にあった。わたしは、何度か継母につれられて、その実家へ行った。

城山《しろやま》の頂上近くの小道をたどり、峠に出る。するといきなり展望が開け、西のほうに安達太良山《あだたらやま》の全容《ぜんよう》がのぞまれた。ここへくると、継母はいつも「あれが岳山《だけやま》だ」と言って一息いれるのだった。岳山とは土地の人が使いなれた安達太良山の別名である。

その継母も一九五〇年夏、脳出血《のうしゅつけつ》で死んだ。ひとつもいい思いを味あわぬ、短い一生だった。

わたしは、もう少し生活が安定したら、それまで一度も旅などしたことのない継母を連れて、日本のあちこちを旅しようと思っていた。そして、わたしに「あれが岳山だ」と教えてくれたように「あれが噴火で有名な阿蘇山《あそさん》だよ」「これが洞爺湖《とうやこ》だよ」と教えながら小さな体の継母をつれて歩きたかった。

この願望《がんぼう》も、とつぜんの継母の死でたちきられた。だが、歩いてみたいと思って胸にえがいた道はわたしの胸に白くくっきりと残っている。それはおそらく、わたしの胸に一生消えずに残ることだろう。

むすめに

ことばは手に変れ
とても男らしい手に
すこし汗ばみ　すこし荒れた
実用的な手に　なぜなら
ぼくはことばを
突き出さなければならない
自殺を決心したむすめ
あなたに　なぜなら
それがぼくの権利
あなたの義務は

思いつめ　思いつめること
まるで追いつ追われつ
走るように　なぜなら
夜は戦争よりも長いんだ
政府もあなたも徹底的《てっていてき》に一人で
朝ほど痛い時間はほかに絶対ないんだ
そのことを百回あるいは
千回思って絶望しなさい
あなたは睡眠薬《すいみんやく》を二百錠《じょう》　飲むつもりだが
薬より口あたりのわるいことばを
あなたの穴という穴に詰《つ》めこむのが
ぼくのほんとうの望みなんだ
サディストどもが
拍手している　ぼくは

あなたにあげる握手を！

岩田　弘（いわた　ひろし）一九三二〜二〇一四
「いやな唄」より。詩集「最前線」「グアンタナモ」他

＊

〔編者の言葉〕　わたしには、二十歳《さい》をとうにすぎた男の子が二人いる。わたしはこの二人に「将来《しょうらい》、こんな職業について、こんな生き方をせよ」と言ったことは一度もない。ただ、たった一つ、こんな人間にだけは、けっしてなってほしくない、というぎりぎりの願いだけは明らかにしてきた。それは「人の生き血を吸って血ぶとりするような生き方はしてほしくない」ということだ。

それは、一本道を設定《せってい》して「ここを歩いていけ」と要求するより厳しい願いかもしれない。しかし、他人の生き血を吸っておのれの安定と出世をはかる者を数多く見てきたわたしは、どうしてもそんな願いを二人の子どもにかけざるをえなかったのである。

雛《ひな》祭の日に

娘よ——
いつかおまえの
たったひとつの
ほほえみが
ひとりの男を
生かすことも
あるだろう
そのほほえみの
やさしさに
父と母は

信ずるすべてを
のこすのだ
おのがいのちを
のこすのだ

谷川　俊太郎（たにかわ　しゅんたろう）一九三一～
「落首九十九」より。詩集「あなたに」「谷川俊太郎詩集」他

＊

〔編者の言葉〕国電※の駅には、どこにもキヨスクと名づけられた売店がある。便利なので、わたしも夕バコや新聞を買うのにしばしば利用する。

あるとき、三鷹駅《みたかえき》のキヨスクで新聞を買った。それは一般の商業紙でなく、いわゆる書評誌《しょひょうし》だったが、今週はどんな特集がのっているかな、と思い、さっと箱から引きぬいて、お金をはらうまえに見出しを読もうとした。と、「買わないのなら、読まないでください」という、ひどくとがった女の声がひびいて

きた。この店のたいていの不親切にはなれていたが、こんなことを言われたのははじめてだったので、思わずうろたえて「いや、買おうと思って」と言うと、「そんなら早くお金を出しなさい」とどなりかえしてきた。わたしはお金を出しながら「もう少しおだやかにものを言ったらどうなの。いくら安いものだって、買うほうは客なんだから」と言うと、彼女はさっきよりもっとトゲのある声で「そんなこと、あんたに関係ないでしょう！」とどなりつけた。

わたしはひどくさびしい気持ちになり、この若い女性が結婚《けっこん》し、子どもを生んだとき、どんな心とことばでその子どもを育てていくんだろうな、と思い、他人ごとながら心が重くなった。

聞くところによると、この売店を経営《けいえい》する企業は国鉄の外郭団体《がいかくだんたい》で、従業員《じゅうぎょういん》の待遇《たいぐう》が悪いことで有名なのだそうだ。だから店員の品性《ひんせい》も落ち、客への応待もひどいのだという。だが、経営者《けいえいしゃ》への不満、反発は経営者にぶつけるのが労働者の本筋《ほんすじ》で、客にむかってウサ晴らしをするのは邪道《じゃどう》というものだ。

※国電は現在JR。

解説

遠藤豊吉

おふくろさんよ　おふくろさん／空を見上げりゃ　空にある／雨の降る日は　傘《かさ》になり／お前もいつかは　世の中の／傘になれよと　教えてくれた／あなたの　あなたの真実《しんじつ》／忘れはしない

森進一《もりしんいち》という歌謡曲《かようきょく》の歌い手が歌う〝おふくろさん〟の一節である。この歌を歌うとき、森進一の顔は苦痛《くつう》にゆがむ。それは聴衆《ちょうしゅう》のための演技《えんぎ》ではなく、しんじつかれの心の内側にあふれる悲しみの、すなおな表出のようだ。

かれの母親は一九七三年自殺《じさつ》するのだが、その死に象徴《しょうちょう》されるように、その母と子の関係は暗く悲しいものだったようである。ファンはその事実を知っていて、だから、かれがこの歌を歌うとき、かれの心の内側にはいって泣くのである。この歌はひさしぶりに東京の家に同居《どうきょ》するようになった母親がまだ健在《けんざい》だった一九七一年に発表されたのだが、発表されるやそのレコードは爆発的《ばくはつてき》な売れ行きを示したという。なんの変哲《へんてつ》もない歌詞《かし》をもつこの歌が、なぜそんなにも人の心にしみるのか。短調のメロディーのせいか。いや、それだけなら、ほかにもたくさん生産されている。

森進一よりずっと古い歌い手に田端義夫《たばたよしお》という人がいて、その人の持ち歌に〝ふるさとの燈台《とうだい》〟というのがある。この歌も長い間人の心をつかんできた。


漁火《いさりび》の遠く近くゆるる／はるかなる小島よ／燈台のわが家よ／なつかしき父また母の／膝《ひざ》はゆりかご／いつの日も　いつの日も／夢をささうよ

これは二節目の歌詞であるが、田端義夫がこのへんを歌うころ、聴衆の心はぐっとステージに接近《せっきん》し、歌い手であるかれといっしょに「なつかしき父また母」の面影《おもかげ》をさぐりつつ高揚《こうよう》する。歌は終末に近づく。聴衆の陶酔《とうすい》は続く。

……その風の　甘《あま》き調べにも／想いあふれて／流れくる　流れくる／熱き泪《なみだ》よ

歌が終わる。ステージの上の田端義夫は泣いている。亡くなった母への思慕《しぼ》。それを短調のメロディーにのせてすなおに表出するかれへの聴衆の共感。それがおそらくかれの心をゆさぶるのだろう。

人はなぜこのように親を思い、親をしのぶ歌に心ひかれるのだろうか。

歌謡曲の世界だけではない。たとえば、斎藤茂吉《さいとうもきち》の歌集『赤光《しゃっこう》』のなかに、

〝死にたまふ母〟と題する数々の作があって、それらの短歌は、死にゆく母を見送る子の悲しみをうたって読む人の心をうつ。

死に近き母に添寝《そいね》のしんしんと
　遠田《とおだ》のかはず天に聞ゆる
のど赤き玄鳥《つばくらめ》ふたつ屋梁《はり》にゐ(い)て
　足乳根《たらちね》の母は死にたまふ(もう)なり

親の側から子をうたい、子をえがいた文芸作品も多く、人びとは多くの場合、それが虚構《きょこう》であると知りつつも、わが身につまされながらそれを享受《きょうじゅ》し、心をふるわすのである。

この巻におさめさせていただいた十八の詩編も——ある作は子にたいする親の、ある作は親にたいする子の、またある作は親と子の間にかよう心の暖かさ、厳しさをうたいあげて、わたしにはかぎりなく親しく、かつ切実な美につらぬかれている。

親と子の関係がひどく希薄《きはく》になっている、といわれている今日、これらの詩編が、若い人たちの心にどうひびくか、わたしは、読者の内側におこる反応を知るのが楽しみでもあり、またおそろしくもある。

●編著者略歴

遠藤《えんどう》　豊吉《とよきち》

1924年福島県に生まれる。福島師範学校卒業。1944年いわゆる学徒動員により太平洋戦争に従軍，戦争末期特別攻撃隊員としての生活をおくる。敗戦によって復員。以後教師生活をつづける。新日本文学会会員，日本作文の会会員，雑誌『ひと』編集委員。1997年逝去。

新版 日本の詩・6　おや・こ　NDC911　63p　20cm

2016年11月7日　新版第1刷発行

編著者　遠藤　豊吉
発行者　小峰　紀雄
発行所　株式会社 小峰書店
〒162-0066 東京都新宿区市谷台町4-15
電話 03-3357-3521(代)
FAX 03-3357-1027
http://www.komineshoten.co.jp/

印　刷　株式会社三秀舎
組　版　株式会社タイプアンドたいぽ
製　本　小高製本工業株式会社

ISBN978-4-338-30706-2

本書は、1978年3月25日に発行された『日本の詩・6　おや・こ』を増補改訂したものです。